LES MONSIEUR MADAME
à l'âge de glace

LES MONSIEUR MADAME
à l'âge de glace

Roger Hargreaves

Écrit et illustré par Adam Hargreaves

hachette
JEUNESSE

Monsieur Neige avait décidé de partir pêcher avec ses amis.

Mais l'idée qu'il se faisait de la pêche était bien différente de ce que tu peux imaginer.

Monsieur Neige s'était mis en tête de pêcher… sous la glace !

Les Monsieur Madame partirent donc au Pôle Nord, et surent qu'ils l'avaient atteint quand ils aperçurent un ours polaire.

La première tâche qu'ils eurent à accomplir
au Pôle Nord fut de creuser un trou dans la glace.

Mais la glace était très épaisse.

Pour certains, ce fut vraiment très difficile.

– Ce ne sont pas vraiment des vacances,
ronchonna monsieur Grincheux.

La pêche n'était pas très fructueuse. Le poisson ne mordait pas et le gel attaquait les orteils des Monsieur Madame.

Tout le monde était frigorifié.

Ils avaient tous le nez rouge.

Même le morse était pris de frissons.

Tout le monde était glacé sauf monsieur Neige, évidemment.

– Je pense qu'il est temps de rentrer à la maison, grommela monsieur Grincheux.

Mais alors que les Monsieur Madame
s'apprêtaient à partir, il se mit à neiger.

Et il neigea.

Et il neigea.

Et il neigea encore.

Bientôt, ils furent pris dans une grosse tempête de neige.

Il neigeait tellement que les motoneiges furent vite bloquées.

– Mais qu'est-ce que c'est que ça ? hurla soudain madame Catastrophe.

À travers les épais flocons, les Monsieur Madame distinguèrent alors une énorme ombre qui s'approchait d'eux lourdement.

– Oh mon Dieu ! s'exclama madame Catastrophe. C'est...

… un mammouth !

Et c'était en effet un mammouth. Monsieur Neige et ses amis avaient atteint l'âge de glace !

– Il n'y a qu'une seule chose à faire, déclara monsieur Neige. Nous devons grimper sur ce mammouth pour nous mettre en sécurité.

Par chance, le mammouth était amical et tout à fait disposé à les aider. Ils grimpèrent tous sur son dos et reprirent leur route dans la neige.

– Regardez, j'aperçois une lumière au loin ! s'exclama madame Malchance, en tombant du mammouth.

Heureusement, le mammouth la rattrapa avec sa trompe et lui donna un coup de main pour remonter sur son dos.

Ou plutôt un coup de trompe, non ?

La lumière s'avéra être un feu allumé dans une caverne. Une caverne peuplée d'hommes des cavernes.

– Ugh, pouah, og, dit l'un d'entre eux.

Personne ne comprit ce qu'il essayait de dire.

Personne... sauf monsieur Malin, qui se mit à lui parler.

Tu sais sans doute que monsieur Malin est si malin qu'il peut apprendre une nouvelle langue en moins de cinq minutes !

Les Monsieur Madame avaient donc été invités à dîner.

Quand ils se réveillèrent le lendemain, la neige avait cessé de tomber. Mais le mammouth était parti dans la nuit.
Comment allaient-ils rentrer chez eux ?

Monsieur Neige eut alors une idée.

Il trouva deux vieilles défenses de mammouth dans la grotte et, en les utilisant comme patins, il fabriqua un traîneau.

Une chance que monsieur Costaud soit suffisamment costaud pour tirer ensuite le traîneau !

En traversant cette vaste étendue blanche, les Monsieur Madame se croyaient totalement seuls.

Mais ils ne l'étaient pas vraiment.

Quelque chose d'autre rôdait.

Quelque chose qui avait faim.

Quelque chose qui cherchait son petit déjeuner !

C'était un tigre à dents de sabre !

Le tigre bondit soudain sur eux.

– À l'aide ! hurla madame Catastrophe.

Monsieur Costaud tenta de prendre la fuite
mais un problème majeur se posa.

Ils avaient atteint la mer. Il n'y avait nulle part où aller.

Ils étaient pris au piège !

Monsieur Costaud courut alors sur la glace pour emmener le traîneau le plus loin possible du tigre. Puis il fit descendre tous les Monsieur Madame.

Monsieur Glouton sauta de tout son poids sur la glace pour la briser.

Le morceau de glace sur lequel ils se tenaient se détacha juste au moment où le tigre allait les atteindre.

Fort heureusement, les tigres à dents de sabre ne savent pas nager !

Les Monsieur Madame se mirent alors à dériver au milieu des icebergs.

– Dommage que nous ayons perdu nos cannes à pêche, dit monsieur Neige. Nous aurions pu attraper un poisson.

– Je ne suis pas sûre d'avoir envie d'attraper un poisson de l'ère glaciaire, déclara madame Terreur dans un frisson.

Ils dérivèrent ainsi jusqu'à atteindre un glacier d'où ils aperçurent des champs verts et des forêts en contrebas.

Ils avaient presque échappé à l'âge de glace.

Mais le glacier était un imposant mur de glace sans chemin pour en descendre.

Cette fois, ils furent sauvés grâce aux bras extraordinairement longs de monsieur Chatouille.

Il fit descendre tous les Monsieur Madame jusqu'à la terre ferme en toute sécurité.

Ils furent très soulagés de quitter l'ère glaciaire et purent enfin se réchauffer.

Monsieur Costaud se réchauffa.

Madame Catastrophe se réchauffa.

Monsieur Malin se réchauffa.

Et monsieur Neige… eut rapidement trop chaud !

Ça n'avait pas été une partie de pêche très réussie.

Personne n'avait rien attrapé.

Enfin, personne, sauf monsieur Grincheux, qui avait quant à lui réussi à attraper…

... un sacré rhume !

RÉUNIS VITE LA COLLECTION ENTIÈRE

DES **MONSIEUR MADAME**

1	2	3	4	5	6	7	8	9	10	11

M. CHATOUILLE	M. RAPIDE	M. FARCEUR	M. GLOUTON	M. RIGOLO	M. COSTAUD	M. GROGNON	M. CURIEUX	M. NIGAUD	M. RÊVE	M. BAGARREUR

12	13	14	15	16	17	18	19	20	21

M. INQUIET	M. NON	M. HEUREUX	M. INCROYABLE	M. À L'ENVERS	M. PARFAIT	M. MÉLI-MÉLO	M. BRUIT	M. SILENCE	M. AVARE

22	23	24	25	26	27	28	29	30	31

M. SALE	M. PRESSÉ	M. TATILLON	M. MAIGRE	M. MALIN	M. MALPOLI	M. ENDORMI	M. GRINCHEUX	M. PEUREUX	M. ÉTONNANT

32	33	34	35	36	37	38	39	40	41

M. FARFELU	M. MALCHANCE	M. LENT	M. NEIGE	M. BIZARRE	M. MALADROIT	M. JOYEUX	M. ÉTOURDI	M. PETIT	M. BING

42	43	44	45	46	47	48	49	50	51

M. BAVARD	M. GRAND	M. COURAGEUX	M. ATCHOUM	M. GENTIL	M. MAL ÉLEVÉ	M. GÉNIAL	M. PERSONNE	M. FORMIDABLE	M. AVENTURE

Édité par Hachette Livre, 58 rue Jean Bleuzen 92178 Vanves Cedex.
Dépôt légal : septembre 2018.
Loi n° 49-956 du 16 juillet 1949 sur les publications destinées à la jeunesse.
Achevé d'imprimer par Canale en Roumanie.